中国少数民族文学发展工程·翻译出版扶持专项（民译汉）

艾草香

（哈萨克族）库拉西汉·木哈买提汉／译

作家出版社

目 录

夏米斯·胡玛尔

阿克塞赞歌

昔日暖窝里鹓出阿吾勒的雏鹰，
今日强壮勇猛策马驰骋似雄鹰。
为了民族跋山涉水的一代英雄，
留下祖先洒下的血雨，踩过的足印。
残暴军阀乱世才血腥镇压的人们，
分崩离析于甘肃，青海的深山荒原。
峥嵘岁月的见证祁连山下的阿克塞，
血汗凝结的历史组成悲壮的诗篇。
这里的英雄谱写了一部可歌可泣的史卷，
拥有铁骨铮铮宁死不屈的信念。
遭受摧残的人们捍卫民族的尊严，
忍受残暴的敌人肆意杀戮和蹂躏。
狼烟滚滚血染的驼队卧跪在山梁，
子弹穿过战马四蹄又起硝烟。
子弹穿过爱人的胸膛永别恋人，
多少男子怒火燃烧、义愤填膺。
濒临灭亡的人们栖居雄伟的阿尔金山，
无数英雄豪杰重整旗鼓在山巅。
英勇顽强的人们重建美丽的家园，

腥风夹带的血雨斗不败英雄的威严。
一轮崭新的太阳冉冉升起在东方，
阿克塞的人们斩断魔爪得解放。
愚昧无知的包袱抛掷万丈深渊，
出类拔萃的贤者带领人们奔向前。
肥沃生机的土地一派兴旺的景象，
阿尔金山上流不尽得天独厚的矿藏。
天鹅之城的故乡在阿尔金山下崛起，
阿克塞如闪光的宝石振翅飞向高空。
暖阳融化封冻的大地敞开胸怀，
深受阿克塞人们流溢生活的欢畅。
多少次挺起人们意气风发的威望，
塞上明珠阿克塞你的新貌赞不完。

哈·努尔哈力

阴晦世界

阴晦世界
为何阴沉？
哭丧的神情，
睫低垂。

五月的和风，
吹向何方？
铅色彤云，
积心中。

心中嘶鸣，
狂飙的旋风。
颤抖的灵魂，
心悲切。

隐藏沮丧，
好似富裕的雇佣。
好似困境的凶狼，

撕心肺。

如遇黑道日，
阴冷滞涩，
如恶狗撕裂，
心破碎。

我似孤雁，
流落在荒原。
凄厉的歌声，
如被弃的羔羊。

似贤人霍尔胡特，
寻觅人间乐园。
心儿寻觅，
似库布兹的哀调。

我已无法容身，
无法容身于城市，
狂风咆哮，
苍茫大地。

凄凄惨惨，
梦已破，
一如既往，
我似一匹饥渴的狼。

畅 想

今日皓月当空，
敝人泰山北斗。
好似占据高处，
如同星辰携手。
我似一国之王，
头戴一顶王冠。
微风梳散发辫，
太阳亲吻脸庞。
世界五彩斑斓，
令人神醉心往，
群山谦恭有礼，
向我虔诚叩拜。
吉日良辰福星照。
好运连连心欣喜。
诗如潺潺溪水，
诗如光辉洒心田，
多舛的命运。
美如仙女一般，
敞开幸福的怀抱，
向我招手。

*　*　*

睫毛如刺猬的尖刺，
掀开黑夜的帘幕。
漫漫长夜孤枕难眠，
梦如饥饿的狐狸。

命运多舛难逃避，
漂泊苍凉的荒野。
猎人猎奇的双眼，
捕猎陷阱皆等待。

蕴藏污泥的花蕊，
命运瑕疵亦美丽。
披坚执锐的雪峰，
梦如雪峰不可摧。

*　*　*

你如密集的烟云，
弥漫我的天空，
你充满诱惑，
是否将我吞并。

你如闪现的幻影，
款步姗姗而至。

你似一束寒光，
高呼长啸而过。

不要考验我耐心，
伤害我的耐心。
不要再点燃，
灼伤我的欲念。

好似懵懂的孩童，
目中容不下父亲。
幸福之道，
始于足下。

罪孽占据，
你将如何？
幸福的门槛，
你将会错过。

你将会奔波，
必将抵达。
一切必将会错过，
你会在悔恨中度过。
哭泣，哭泣，
命运不可逆转。

* * *

雾霭弥漫的原野，
朦胧的城市。
沉闷的太阳，
孤苦的孩子。

大雨如雨下，
宛如哭泣的孤儿。
尔虞我诈的兄弟啊，
幸灾乐祸。

我的心也一样，
大哥，你可知道？
不幸的兄弟，
心如烧焦的大饼。

好像海边的渔翁，
迷恋着海岸。
我心晦暗，
没有一丝光亮。

我苍凉的心，
流浪在雪域荒原。
重叠的灾难，
拖着雪橇板。

我斟酌蜂蜜，
倒进我的毒酒里。
为了我的伊人，
伤痕的心中栽下花种。

我心中是一片花海，
来吧，兄弟，你欣赏。
欣赏我的花海，
不要看那伤痕累累心。

*　*　*

人生道路不平坦，
千里马、雄鹰会一时失足。
一年四季轮流转，
草原、荒漠和大海。

人生道路不会一直坎坷，
摔倒的骏马会站起。
大雨过后天放晴，
哭泣之后会有笑容。

人生大道有坡有坎。
日子不会一帆风顺。
祸不单行的生活，

生活是一曲歌唱悲欢的歌。

溪水会有枯竭时，
松树会有枯萎时。
福与祸成对的人生，
命运会考验。

擦干眼泪莫哭泣，
摔倒要重新爬起。
自然与命运是孪生，
不要问其为什么？
只要坚持到底，
就会战胜一切苦。

*　　*　　*

我心似黄金，
如铅重。
无价之宝，
玉洁冰清。

心魂的殿堂，
守候我人生。
整颗心，
只为真善而生。

柔柳摇摇，
情如蜜。
长相思，
渴望一份爱。

问其纯，
以玉为骨。
问其体态，
以金为体。

问其貌，
金刚铸造。
问其柔，
似枯萎的白茅。

问其美，
美如仙。
问其寒，
以冰雪为肌。

问其硬，
坚如钢。
问其刃，
利如剑。

晨曦的火山岩

洗涤。
饮用
长生不老之泉。

*　　*　　*

我非湖边的天鹅，
我是沙漠大鸨。
好似一壶毒酒，
灌满我的人生。

我非公园里的大白杨，
我是荒漠里的胡杨。
我凛然正气，
像个宫殿里的国王。

我非高峰是小丘，
我非新秋是仲夏。
我非辉煌的宫殿，
我是凄凉的坟墓。

我非大河是小溪，
我非云杉是芦草。
我是迷失的游人
前进的指明灯。

我是挨冻者的暖窝，
我是受累者的夜晚。
我是畸形时代，
愚蠢者的唇舌。

*　*　*

上天啊，不要惊醒
我的甜蜜梦。
不要怪罪
我的爱情。

春去春来
花开花谢。
思念如同秋叶飘落，
祈求恩赐秋日的恋人。

啊，我向你祈祷，
祈求恩赐。
多舛命运
疑惑不解。

我承受凌辱，
我承受悲痛。
不要再考验

我脆弱的极限。

我祈祷仁慈，
祈祷
这份考验
变成我的恩赐。

*　*　*

啊，你是我的小天鹅，
你是我心中的曙光。
从此和你齐唱，
我的人生赞歌。
从此和你绽放，
我的人生花朵。
从此和你担起，
我的人生行囊。

*　*　*

没有你，白天黑暗，黑夜漫长，
我怀愁度日。
荆棘道路充满坎坷，
命运还要如何捉弄？

*　*　*

我们壮心不已，
追求真善和美。
沉着是稳健，
冷静是豁达，
我们别无选择。

眸 子

阴郁大海，
雾霭弥漫面容。
太阳叹气，月亮哭泣，
星星流泪。

那一抹深邃，
宛如浩瀚的黑夜。
雷如箭，
穿过层层波浪。

那一抹深邃，
诱惑人心，
悲痛麻醉的心，

弹奏凄凉乐曲。

高山凛然
惊愕玉洁月亮。
心隐晦，
饮伤痛。

尘世羁绊，
幻影填充脑海。
心口伤疤，
流淌鲜血。

那一刻，天空震动
洒下天堂的曙光。
心颤抖
一丝热流传遍全身。

陷入神秘诱惑，
融入悬崖之巅，
背着太阳和月亮
我与那一抹深邃对话：

——我有不可愈合的伤口
我无助、无奈、萎缩，
——不足挂齿，
为何颓废？

那一抹深邃说完
圣泉洗涤，
光芒照亮我心，
滋润我心。

虔诚的使者，
沉浸于《圣经》。
我返老还童，
轮回转世。

摆脱痛苦，
脱胎换骨，
自身变伟大，
爱情赐予力量。

点亮心中的明光
我闪动的眼眸。
心中神秘的泉眼
我的言语。

我是雄鹰
凌空飞翔
我是神骏
飞速驰骋。

崭新的日子
初升的太阳
笑靥隐藏光辉
我像个快乐王子。

去吧，雾霭和灰尘
我是小草嫩叶
在这个世上
我像个初生的婴儿。

*　*　*

秋叶落地上，
草木满地黄。
秋风淅淅吹，
大地翻金浪。

天色已惨淡，
阴云遮满天。
思念如秋雨
淅沥飘不停。

冥冥天地间，
愁云凝心田。
度日如万年，
相思似海深。

思念如鸟飞，
身心已憔悴。
何处我心安，
伊人何时归。

*　　*　　*

——没有你，我该如何度日？
——心中阴云密布。
向往纯洁的爱情，
悔恨、悲叹中度过。

没有你，我该如何度日？
好像步入风烛残年。
如果你是我的莱乐，
我不顾一切到你身边。

土赛里汗·波里班

我已把你视如纯洁的天使

我已把你视如纯洁的天使，
心中充满阳光我心旷神怡。
那是因为我不舍你做凡人，
莫说我不可理喻想入非非。

我已把你视如纯洁的天使，
愿你把我裹在晨曦摇篮里。
你为何要作为凡人而出现？
任何至宝也无法衡量于你。

我已把你视如纯洁的天使，
你的英姿好比山里的花絮。
倘若你人间消失飞向太空，
我敢肯定你绝非凡夫俗子。

莫说大哥睁眼看看这红尘，
你是牵引我心中甜蜜梦想。
你为何要作为凡人而出现？
毕竟你呀本身并非是神仙！

大地母亲赐予子女之最美，
我用光线将你秀发来梳理。
那是因为我不舍你做凡人，
我已把你视如纯洁的天使。

你是阳光我已视如你天使，
你是花儿我拿晨曦呈送你。
我愿用我每一根纤细睫毛，
轻轻扇去落你翼翅的尘埃。

尘世间多少万物浑浊不清，
为何你如此迷恋滚滚红尘。
为了证实永恒的人间之美，
宁愿不变成洁白天鹅飞远。

心中的思念已经被你占据，
我愿尽情抒发对你的情怀。
为何你不从这尘寰中消失？
为了验证纯洁天使的存在。

你有人间最美的造型玉体，
世俗的多少索绳向你套去。
人间深沉的悲苦，
莫过于光辉的熄灭，
朵朵花儿的凋谢！

追求永恒——美之信念。

我为自己纯真幻想而发笑，
为自己身不由己唉声叹气。
在土壤味道芬芳的凡人间，
哪里会有纯洁天使的存在。

我是诗人属于世间的凡人，
我的身在尘俗，心飞天外。
我心却永远迷恋光的天使，
歌颂善美我降临到凡人间。

你走来

你带着毛毛细雨，
带着春天的响雷，
带着潺潺的溪水，
带着夜莺的鸣啭
带着原野的黑夜，
你走来

迷茫无际的湖水，
翻腾在深山谷里，

惴惴不安的思绪，
像只桀骜的马驹。

你走来
带着未酿的马奶，
带着郁金香之美，
密叶频频在报喜，
柳条翩翩起舞蹈，
我似湍急的河流，
汇成大江浪滔滔。

你走来
大雁飞落我港湾，
从未有过的欢畅，
赐我初露的晨曦，
将我包裹在曙光。

你走来，携带一切，
鲜花盛开磐石裂，
繁星满天在闪烁，
恰似黑夜点烛火，
你走来，携带一切，
哦，春姑娘！

春暖花开在大地，
心花怒放在心里。

树叶上一滴露珠，
唯恐它转瞬即逝，
心里积压了猜疑。
哦，春姑娘！

你走了
留下飞旋的枯叶，
留下森林的私语，
昏暗阴沉的午后，
留下黄昏的忧郁。

留下大雁的悲歌，
回荡在连绵沟壑，
留下游子的悲歌
在那茫茫的原野。

一只失群的仙鹤，
拍着疲倦的羽翅，
断断续续地悲鸣，
在湖面来回飞旋。

变成湿地的原野，
秋霜结在它眉睫，
白云飘向那远方，
瞬息间打着盹儿，
周围变成了荒漠，

我也变成了秋天，
孤独仙鹤在身边！
你走了！

秋色·黄昏

一片片枯黄秋叶，
枝头上纷纷飘落。
一群仙鹤向远方，
低唱凄婉的悲歌。

阴暗大地却不舍，
弥漫凄凉的秋色，
忧伤积压眉宇间，
有位圣人在哀叹。

宛如优美的歌声，
时断时续到消亡，
送来春天的温暖，
留下秋天的凄凉。

阳光明媚的清晨，
失去夜莺的歌声。

失去郁金香嘴唇，
与蒙蒙细雨相迎。

当已届垂暮之年，
那是荒凉的秋天，
自己变成了金秋，
你和我，还有他们。

阴沉沉的大自然，
一触闪光便潸然。
心中堆积的旋律，
点燃乡愁的火焰。

茂密的灌木丛里，
鸟巢却摇摇欲坠，
一丝微弱的希望，
湖水空旷又沉寂。

仿佛一切变陌生，
小溪腼腆而细语。
唯恐掉落在地面，
秋末枯叶在摇曳。

路面渐渐披灰暗，
黄昏悄悄地蔓延。
头戴素装的高峰，

暗自垂泪黯沉吟。

随风飘动的秋叶，
轻轻落在我发髻。
垂垂袭来的黑夜，
拉开厚厚的棉被。

呼吸麝香的芬芳，
清澈泉水洗我脸。
倾听鸱鸮的啼鸣，
我渐渐变成黄昏。

白　云

你是否来自于金色的曙光，
是否从雄峰撷取了营养？
你是那朵成吉思汗的白云，
没有主心骨而游荡四方？

是理想的化身来自那远方，
是灵感化身细雨从天而降？
是尘世间惊飞的爱情化身，
崇高的情愫渲染一丝绿韵。

你归属大自然逍遥自在，
不晓得你漂泊多少世纪。
匆匆离开你又飘向何方？
为何你不向故土增添光彩？

为何你不停下来多歇息，
没你这个盛夏酷热无比。
你以雷电炙烤茫茫原野，
淅淅沥沥的细雨来冲洗。

你的影子是游人的荫庇，
你若离去我将怀念昔日。
一丝惆怅萦绕在我心田，
莫说再见你和我来相依。

你姗姗来迟却匆匆离去，
我也无法阻挡你的去路。
大山公公敞开温暖怀抱，
依依不舍却默默无语。

烟雾弥漫在茫茫的荒原，
我的心像游子追逐梦幻。
快把我的心儿一起卷走。
荒漠里一朵花即将枯干。

我愿随你去遥远的地方，
我愿梳理那森林的发辫。
我愿是花朵唇边的露珠，
我愿是荒漠发光的烟花。

我愿自己是你亲吻世界，
愿变成浓雾在高峰歇歇。
愿是蒙蒙细雨从天而降，
我愿是乡愁回归的心切。

雪花姑娘

雪花姑娘站在高处呼唤，
她的纯洁至美盖世无双。
她源于光和洁白的雪花，
人间美女无法与她比美。

她银色头发我深切迷恋，
黑夜的眼睫凝结着愁思。
每当黄昏她招手呼唤我，
站在山巅鸣啭的雪鸡旁。

是什么力量牵引我的心，

星星陪着我在黑夜穿行。
斗转星移我抵达那高峰，
黑夜已踩过沉寂的山岭。

长辫子散发洁白的光芒，
远方传来她悲泣的呼唤。
当我触及她时月落山梁，
找不到来路我如何返还。

雪花姑娘站在高处呼唤，
自然界独一无二的纯真。
她家住在那巍峨的高峰，
弥漫郁金香、薄荷的芬芳。

从没人像你这样呼唤我，
也许你是激励我的幻觉。
是你带着我逃离了粗鲁，
所以你绝对不是我幻觉。

光辉洒落你的每根发丝，
世纪的牵挂和思念维系。
你以雪花纯洁无瑕停留，
雷电之光连在你眉宇间，
作一束黄昏贵人的束光。

雪花姑娘，

山里秋日向你倾诉衷肠，
是银色发髻的雪山姑娘，
大自然独一无二的曙光。

山在梦中呼唤我

振翅飞翔的雄鹰已经折翼，
曾经翻滚的浮云遮天蔽日。
昨夜布满夜空的星辰坠落。
痴迷的旷世佳人久久凝视。

大地水草茂盛的旮旯儿里，
野山羊羔在巍峨山巅酣睡。
高峰留下太阳亲吻的印迹，
像我白发苍苍的和蔼母亲，
背着巍巍高峰呼唤我归依。

时光荏苒留下了什么记忆？
一路驮着空空的行囊走去。
高峰像我须发全白的父亲，
手捋洁白胡子呼唤我归依。

一声“孩子”震彻峰峦叠嶂，

"归依吧，我的怀抱因你温暖！"
童年的我正向我疾步走来，
身后有一只牧羊犬在欢奔。

我向往那遥远宁静的村庄，
思念的旋律在我心间激荡。
雪峰手握套头巾向我挥手，
一头云鬓迸射银色的光芒，
我是原野的游子归心似箭。

追逐的梦想越来越遥远，
哀嚎的神狼屹立在山巅。
山林葱茏我已无法攀登，
松鼠在苍翠的树林窥探。
拾着朵朵蓓蕾东跑西颠。

河水泛着白花花的波浪，
我在苔原地带追逐盘羊。
山巅之上我向远处眺望，
桧园里的我收获沉甸甸。

遒劲的马尾和潇洒的长鬃，
视为神马佩戴猫头鹰羽绒。
闪电般奔驰的玉顶棕红马，
清晨，马鸣声唤醒我的黎明。

蹄风雄健引花起舞山移动，
疾如流星闪电宛如光移动。
我拿起笼头追着闪光吆喝，
它腾空一跃拖着金色套绳。

眉宇间我们彼此传递感情，
玉顶马啊，父亲对我的馈赠。
“呔，呔，呔”为何让我抓不住，
它腾空一跃拖着金色套绳。

仿佛它是一团绕缭的火焰，
雄浑的咆哮似悲歌的低沉。
消失在云缠雾绕的天地间，
拨开暮霭融进朦胧的蜃景。
可惜啊！

在一堆熊熊燃烧的篝火旁，
松香、金银花、桧柏含芬吐芳。
我高坐在洁白的毡房首席，
惬意的生活令人神清气爽。

遥远的山顶悬挂一道彩虹，
大地沐浴在斑斓的光之中。
有位窈窕少女呼唤我归依，
站在遥远的苏尔勒克牧场。

脚底下踩着鲜艳的郁金香，
她正慢悠悠地赶着一群羊。
她像天使引领我攀登上山，
我移动她便动，我靠近她走远。
披着青纱她消失在雾霭间，
清脆的笑声在我耳边回响。
可惜啊！

我做了一场千古传奇的梦，
那是因我思念你，巍巍山峰。
驼铃声声我向山的怀抱迁徙，
那是因你思念我，巍巍山峰！

我一醒来这一切恍如梦境，
没有百灵的婉转，香草的芬芳。
没有旷世佳人美妙的歌声，
天上飘浮的白云也变陌生。
没有秋色浓浓的秋季牧场，
一切、一切都没有！

我的思念是雪皑皑的冬天，
像鸟飞去的是我青春时光，
可惜啊，我的梦已经惊醒，
童年时光如这场美丽的梦。

木拉提·阿乌斯

惊飞的落叶

心积悲伤敲秋韵，
瑟瑟秋风似路人。
奏断琴弦诉衷肠，
惊飞枝头金色燕。

巢居已寒鸟儿飞，
落叶一去不复回。
山涧溪水已凝滞，
水渠淤塞心枯萎。

叶落乌啼风中飘，
哀鸣
倾诉
谁知了？
结伴儿童放纸鸢，
荒芜田埂欢声笑。

*　*　*

伊人相隔
何时见，
众人匆匆心茫然。
渺茫乾坤
人无情，
愚昧之心，
狭隘眼，
耳不灵。

伊人相隔
如何见，
险滩阻隔在前面。
只愿把爱藏心里，
近在咫尺，
远在天。

伊人相隔
何地见，
忆相逢盼梦里见。
荆棘在途人生路，
切莫问我“为什么”？

孤松·伤

劝君“独木不可砍”，
历经沧桑命艰难。
狂风萧萧几千年，
日月神韵独相依，
一棵孤松如孤儿，
离家孤儿如孤松。

大漠风尘心亦凉，
风刀霜剑热土寒。
忧思不断人憔悴，
苍郁森林何时归？
离家孤儿如孤松，
一棵孤松如孤儿。

曾几何时，
多少神秘，
何处寻？
难逃岁月的无痕。
世间沧桑路艰难，
劝君“独木不可砍”！

一棵孤松如孤儿，
离家孤儿如孤松。

冬不拉

你的传奇咏不尽，
是谁点燃你激情？
我不知道，
滚滚红尘也难寻，
唯独有你的神韵。

阴阳世界系两弦，
弹奏悲苦和光明。
倘若没有冬不拉，
哈萨克人抒怀难。

世间财富和幸福，
撒向人们的心窝。
曾经沧桑的岁月，
你担英雄的包袱。

优美旋律心永驻，
弄艺吟诗的民族。

历尽岁月不变色，
两根琴弦为支柱。

畅叙往事奏新乐，
思想超越梦自由，
恕我，
身不由己
高呼“奏乐”
感慨叫呼“弹奏乐”。

你的琴音多清绝，
曲韵悠长暖心窝。
居天神之下，
唯一冬不拉，
愿作你静听的奴仆。

我以哈萨克的胸怀，
为你默默地痴爱！
两弦摇醒哈萨克，
天籁之音传万代。

别尔斯别克·苏力堂别克

牧人的畅想

霍孜[1]的忠贞爱情未能如愿，
为巴彦抒写爱情不朽的乐章。
牧人手持木棍坐在山顶，
放飞畅想静静守候羊群。

雄鹰在遥不可及的蓝天，
少女在潺潺流水边出现。
花骑从身边纵马驶过，
牵动女子心里的柔情。

仙女般回眸一笑的瞬间，
伸出纤纤玉手的瞬间。
少女已跨上他的马背，
脚上的套靴已抛在一边。

多少次在梦中抬起仙女花轿，
多少次在梦中唱起爱情歌谣。

① 霍孜、巴彦是哈萨克民族爱情长诗中的主人公。

多少次在梦中和她进入新房，
多少次在梦中解开少女的衣扣。

然后，然后……很是羞口，
（斗胆的人啊已经忘记羞辱，）
懵懂的他惊慌失措不懂安慰，
无意中伤害无辜的少女。

朦胧的纸窗似乎已破坏……
那一刻在瞬间不再重来。
头发蓬乱的美女躺在身边，
草莓的味道从原野飘来。

生平贪婪的心从不满意，
（但愿他的作为不受阻碍。）
美女静静睡在牧人的怀抱，
不断整理丈夫蹬开的皮衣。

受惊的羊群搅乱他的思绪，
原来羊群遭受了狼的袭击。
牧人脑海呈现不祥之兆，
预示小羊遭受狼的袭击。

甩开他对巴彦的幻想，
蓦然拿起木棍冲向羊群，
只见小羊竭尽全力在蹬腿，

恰似他梦中的那个姑娘。

哈萨克式庖厨

雨水滴滴渗透庖厨缝隙，
母亲拿来大盆欲接雨滴。
天边乌云密集遽然骤起，
拦截在黑峡谷即将欲下。

灰蒙的天空如裂开隙缝，
唯恐要迷失地球的轴线。
庖厨房顶似乎闪过霹雳，
偶尔有一声轰隆的巨响。

狂吼的飓风像机车鸣笛，
这是萨尔乔克牧场的夏季。
老翁怀揣子孙伫立在山顶，
像一只母雁紧裹住幼子。

分离时思念之情萦绕心间，
哦，多么和谐多么温馨。
如今五个弟兄犹如幼雏，
挤在老翁的黑大衣下面。

五个弟兄嬉戏的时光，
初乳味飘香的孩提光阴。
只要钻进老翁的大衣摆下，
可爱的幼子总会酣酣入眠。

远大的志向牵引着我们，
无法再找寻庖厨的温馨。
即便有一盘盘山珍海味，
却比不上庖厨里的烤饼。

母亲在庖厨召唤子女，
让我们兄弟再次团聚？
我们必定能挤在大衣里，
倘若母亲依然守候庖厨。

不提那城里的美味佳肴，
只思念雨水滴落的庖厨。
我思念父亲慈祥的脸庞，
捋一捋雨水打湿的胡须。
我思念雨水滴落的庖厨。

难以入睡

今夜我思潮起伏难以入睡，
一丝乡愁萦绕在我心扉，
（天下诗人是否与我同感？）
似有猎犬狂吠在高楼里。

牧人远牧裹紧褴褛的衣裳，
夹着猎枪就像陋舍的牧人。
我已经厌烦隔壁的噪声，
仿佛皮囊打酥油的声音。

黄昏的矮松醇香的味道，
我辗转反侧依然睡不着。
宁静的阿吾勒牵动我心，
仿佛传来荡秋千的歌谣。

拥挤的都市狭隘的房间，
我早已厌倦且疲惫不堪。
好像父亲出现在我面前，
我急不可待向门口张望。

历经多少风雨多少时光，
阿吾勒歌声萦绕在耳边。
好比床上进行摔跤比赛，
楼上邻居又如庆祝庆典。

乡愁啊，剪不断那一丝惆怅，
都市啊，你另有一番模样。
出租车争先恐后来回穿梭，
犹如阿吾勒玩白骨的少年。

城市迷人的夜色灯火辉煌，
仿佛天地在燃烧熊熊火焰。
热闹的都市热闹的夜市，
哈萨克叼羊宛如在其间。

哈萨克、柯尔克孜欢天喜地，
闪闪的星星窥视在我窗外。
那拉提草原，我向往的圣地，
我愿背上行囊扑向你怀里。

似有猎犬关进高楼里，
思潮起伏我难以入睡。
思念白发苍苍的长辈，
思念让我无法入睡。

春 天

春天坐在叮当的花轿来临，
一样的春天常驻在伊宁。
银铃般阔布孜的旋律，
让蓝天和大地紧紧相拥。

白云像亲家母般娇纵，
姗姗来到思念的伊宁。
慷慨馈赠甘甜的蜜汁，
慷慨馈赠蘸蜜的奶精。

为了亲家母的欢喜，
我们奉上大地的首席，
我们奉上都市的首席，
宛如《一千零一夜》的传奇。

春天儿媳乘坐花轿来临，
（谁来表演姑娘追、叼羊？！）
为并坐春姑娘的坐骑，
我气喘吁吁拼命地追赶。

春天儿媳乘坐花轿来临，
等候多时我赶来迎亲。
我是逃避食雀鹰的红隼，
扑在你怀里倾吐我心声。

为何我陌生这样的春天，
它让我靠近流逝的青春。
春姑娘从我身边闪过，
身穿飘逸的绿色纱裙。

我的五个弟弟

同一个摇篮养育的五个弟弟，
如今他们将我渐渐地忘记。
我们曾经在马鞍嬉戏玩耍，
阿吾勒情景定格在我心扉。

如今五个弟弟耀武扬威，
如今五个弟弟成家立业。
五个弟媳掌控五个弟弟，
无形中我们分割世界各地。

我曾经倚仗我的五个弟弟，

我趾高气扬曾经无人能比。
五个弟媳一来到我们领域，
我便失去了往日首领地位。

五个弟弟顺服五个弟媳，
莫再目瞪口呆沾沾自喜。
孩童时代抛在九霄云外，
我想揪你耳朵说个明白。

五个壮汉应该能忍受疼痛，
多少往事早已被他们遗忘。
不要装模作样对我献殷勤，
无忧的日子啊一去不复返！

我常嫉恨我那五个弟媳，
（五个弟弟像是馈赠。）
那一张张唠叨的嘴唇，
是否驯服他们百依百顺。

我曾经头脑清醒通情达理，
身为大哥我是否过于吹嘘。
五个弟媳抢走了我的膀子，
曾经与我争夺床位的五弟。

有谁能为我们评一评真理，
五个弟媳征服了五个弟弟。

如今五个侄子可爱的作为，
在我心中超出了五个弟弟。

白云与哈萨克

歌曲为长竿，曲子为套竿。
天边飘来气喘吁吁的白云。
这是我们古老的哈萨克，
搬迁的驼队在我脑海呈现。

驼羔紧紧跟随搬迁的驼队，
穷苦的人们从不贪小便宜，
宛如迷恋山群的哈萨克人，
白云蕴含多少神圣的韵味。

白云如身穿皮衣的老翁，
像戴头巾、头套的女人，
像套马的小伙子盛气凌人，
将套马索套向巍峨的山顶。

仿佛孩子啼哭，驼羔鸣声，
隐约的声音回荡在耳边。
犹如在山丘跪卧的驼队，

倾盆大雨泼洒在山间。

鞍子后鞘紧紧系着大皮囊，
（跋涉的云儿是否疲惫不堪。）
白云犹如我们慷慨的父亲，
赐予条条沟壑淙淙溪水。

广袤大地向人们敞开胸襟，
不畏艰难与险阻奋力攀登。
好比显示哈萨克的威望，
提前疾速预料宇宙万象。

多少次翻过这椭圆地球，
从不察觉它自身的非凡。
进入土壤的哈萨克人啊，
也许化成了天边的白云。

努尔兰·奥拉扎林

致母亲

栉风淋雨莫寄情，
几度风雨儿痛心。
讴歌慈母欲作诗，
泪湿枕头难平静。

谁人诉尽心中愿，
为母抒怀当起点。
构就佳篇于明日，
吟成妙句供人赏。

我心默默在央求：
你播春天我守候。
啊，母亲！
倾听儿子的心曲，
倍感自豪备受鼓舞！

敲醒生锈的灵性，
皓月当空润心情。
催人泪下浸衣襟，

万里丛林明人心。

栉风淋雨莫寄情，
雨过天晴儿亦还。
未作杰作数千万，
不朽佳作兴万林，
雨过天晴儿亦还。

星星悲伤会哭泣

大雁贵兮原野美，
细雨来兮春天没。
——土曼拜·莫勒达哈利粤夫

乐吧，尽情欢乐，莫悲伤，
月下歌声在回荡。
星星悲伤会哭泣，
目光炯炯歌声响。

盈盈秋水眉宇间，
诗歌点燃我灵感。
纯真无邪的童年，
返老还童心之净。

美夜相伴伤凄美，
和煦阳光暖心扉。
手捧吉他欢声唱，
欢愉偷窃我伤悲。

点播血脉敲天良，
一腔热血在沸腾。
起升，吟歌我痛楚，
拨动心弦留箴言。

乐吧，尽情欢乐，哼唱，
万里桦树同歌唱。
世间万物皆沉浸，
消散心中的残冬。

*　　*　　*

满腹诗篇剪不断，
日思夜想度人生。
灵感如春归大地，
诗意盎然如桦林。

哀伤如云罩山坡，
大雁泪滴寄牵挂。
翻越高峰激情燃，

一股烈风心底起。

百灵迎晨歌声响，
热血沸腾心底欢。
惊动门前大枣树，
我们邂逅如春天。

我们是春天是天鹅，
深秋悄悄藏角落。
阿拉套高峰是首诗，
回音留在我心窝。

花园倾诉春天的心语，
苍穹倾诉春天的心语。
茫茫大地躺在我胸怀，
有首诗在我心底孕育。

*　*　*

思念松柏的味道，
有股热情在胸口。
我厌烦理论讲座，
尘世间如此无聊？

无聊的街，洁白的雪，
无聊的夜市。

无聊的清晨，
叫我如何轻松？

为何我百思不解？
没有人用心理解，
无法融入茫茫大地，
诗人怎能不动声色？

困了，累了听理论，
喧嚣城市，我厌烦。
远离嘈杂和争执，
回到地牢吟诗篇。

假如没有人聆听，
和谁探讨我思想？
我为愚蠢悲痛，
愚蠢的人们，
所有悲伤的根源。

*　*　*

日出日落难回头，
你我分离不回首。
阵雨下过阿拉木图，
灵感捡回新诗句。

日出日落难回头，
梦如雄鹰击长空。
残泪拭干欲过愁，
深埋伤痕在心头。

日出日落难回头，
天地茫茫相思愁，
时间变幻如飞鸟，
梦当黎明成乌有。

诗人酝酿的激情，
不顾黑夜，触灵感。
日出日落难回头，
万事一去不复返。

阵雨下过阿拉木图，
慢慢长夜已惊飞，
一股热流涌上心头，
一去不复返。

*　*　*

点点星星缀夜空，
宛如满坡撒羊群。
梦中一颗焦渴心，
犹如骁马玉蹄困。

守候满天的星星，
放牧在我的梦中。
激情风烈月似竿，
硬结隽语与名言。

点缀江山锦绣容，
运气志向上赛场。
归马大地任奔驰，
灵感如鸟展翅膀。

并驾齐驱冲黑夜，
一是神马，一是鹏。
我来了，茫茫大地，
我来了，群山圣贤，
因诗而来，
因诗而去。

颤抖的黑夜

（《爱情·情感》）

多少人歌颂过爱情，
恋过哭过才懂真情。

爱情是伟大的情感，
是世代相传的回音。

谁甘单身度一生，
唯有上帝属单身。
痴爱，钟情于一人，
清夜，
大地，
天空，
倾听你心声。

爱情是神圣的主题，
古今爱情皆传奇。
爱情交错传递，
不朽爱情留万代，

多少人歌颂爱情，
一团火焰包裹两颗心。
爱情是伟大的情感，
大地，
生活，
回响爱的情愫，
爱情相伴一生。

冬　景

大雪纷纷满天飞，
万物无声似沉思。
雪花飘飘如蝶飞，
漫天飞舞展英姿。

踏着美丽的节拍，
白色世界似白夜。
残冬腊月示威力，
愁云密布我心扉。

披上银白色披巾，
阿拉木图像打盹儿的美人。
我们彼此牵着手，
一丝柔情掠过心田。

像爷爷沧桑的声音，
一丝情绪划我心间。
风劲吹动我思绪，
朔风凛冽腊月天。

好像历史的天空，
过去故事奶奶讲，
白雪吻过我的脸，
天空畅怀来相拥。

大雪纷纷满天飞，
万物无声似沉思。
天地之间如蝶飞，
纷纷飞东又飞西。

马丁·木哈买提汉

艾草香

艾草包含酸溜溜的麝香，
我的乡愁时刻在我心上。
艾草的味道消除了忧伤，
谁能不热爱自己的故乡。

狼群流窜皑皑原野和山脊，
艾草的味道赐予我毅力。
是哈萨克民族精神脊梁，
赐予天下诗人无限灵气。

艾草遍布原野荒漠山脊，
远方的游子因此而慰藉。
艾草的味道慰藉着灵魂，
郁郁葱葱围拢着坟堆。

艾草丛生在山坡，在洼地，
见证世上无数的战役。
霍孜与巴彦焦渴的爱情，
沐浴在浓浓的艾草香里。

血液里流淌诗的灵魂

血液里流淌诗的灵魂，
灵魂里诗歌光彩照人。
我趾高气扬永不退缩，
我心中的激情似火焰。

我心中的激情似火焰，
诗歌在激情中浸染。
锯断那抽泣的痛苦，
离我的身边走得很远。

心中的诗歌如暴雨，
引发对祖先的追忆。
如听霍尔赫特[①]的曲子，
如阅柯特布哈[②]的诗句。

---

① 霍尔赫特：在7世纪末8世纪初，生活在近日哈萨克斯坦的咸海附近的一位神圣的人物。他发明了哈萨克族乐器“库布孜”。

② 柯特布哈：13世纪乃蛮部落台杨汗的谋士。乃满被蒙古侵略后，成为成吉思汗的谋士。他发明了蒙古字。他是社会活动家，“库依（冬不拉小曲）”之神。

血液在血脉里沸腾，
理想缭绕在我心中。
一无所得陷入困境，
遐想翩翩而徘徊不定。

思故乡

深深地思念故乡的容貌，
激情在我心中荡起波涛。
嗖嗖的微风敞开胸怀，
思念父亲牧马的山坳。

思念原野上的海市蜃楼，
思念阳光炙烤的黑色石头。
我的父老乡亲留在身后，
笔尖触动我的灵魂深处。

我思念平原、丘陵和山脊，
我不为伟大，只因你的珍贵。
我思念夏天里的倾盆大雨，
我思念冬天里的大雪纷飞。

山坡上我曾追赶盘羊奔跑，

追逐的梦想藏在我心头。
那是我降临人间的故土，
你儿子的思念积压在心头。

雄鹰栖息在巍巍的山崖，
深谷披着神秘的面纱。
洁白的雪山敞开怀抱，
无限的慈爱浇灌我心花。

夏季牧场是一片绿洲，
故乡的热望聚在我心头。
空气清新，泉水似甘露，
抚平我心中深藏的乡愁。

野马和牦牛在你怀中游荡，
天鹅、海鸥轻轻掠过湖面。
我背井离乡周游世界，
再美的地方没有故乡温暖。

思念我那褐马曾是赛马冠军，
思念我那谈笑风生的弟兄，
我曾刻意逗嫂子们生气，
也曾受过温和的批评。

童年铭刻在故乡的大地，
做人的标志铭记在心底。

不论我身处在什么地方，
永远是你祈祷平安的儿子。

你如闪电一现

纤弱身姿，
掀起我心底波澜。
为你跳动的心，
融入我字里行间。

心已醉，
回眸瞬间燃烧我心。
犹如一只爱情鸟，
羽翅载着我的思念。

妩媚英姿，
燃烧的火焰，
我豪迈的激情，
用你爱情浇灌。

清香味道，
我愿在你怀里燃烧，
你的爱让我心醉，

你是洁白的天使。

忧伤眼眸，
如烈焰，征服我心。
心语不尽，
思念你如闪电一现。

百合一朵，
你是月亮洒下的光，
《一千零一夜》的传说，
你是一部传奇神话。

洁白如玉，
你是支撑我的力量。
现实，命运，
我是你不倦的车夫。

神秘之夜

万籁俱寂的夜晚，
一丝惆怅萦绕心间。
茫茫大地浩瀚宇宙，
太阳因你精彩无限。

隐藏神秘的长夜，
狼群乱啸心中寒。
深邃静谧的夜空，
传来你的呼唤。

浩瀚夜空，沁人心脾，
人间最美的恩赐。
你是我圣洁百灵，
变成星星住进我心房。

你的爱赐予我力量，
寂寞的夜孤寂的我。
黑夜销魂你难眠，
交叉双辫半披肩？

智慧汇聚你一身，
天生一对两处销魂。
照亮夜空的闪光，
你是星星闪亮的眼睛？

我唇边留下你味道，
我心中留下一首歌。
你是诗人心中，
燃烧的火焰？

爱　你

我爱你的纯净，
你是我精神支撑。
世态炎凉寻真情，
我奔跑在地平线。
胸中郁闷心茫然，
时间一去不复返。
流年岁月里寻你，
仰望浩瀚的宇宙。
寻你，我曾跌倒，
寻你，我曾难眠。
双眼蕴含思念，
眸子暗淡无光。
厌倦平凡日子。
思念萦绕心间，
我的理想如骏马，
捆绑四蹄难驰骋。
命运坎坷又神奇，
爱情宣言不可挡。
指引前行的方向，
姓名铭刻着正义。

诗歌指引我明天，
希望不再彷徨。

天空万里无云，
书写诗歌百篇，
没有主题思想，
何以成为诗人？
没有读者的诗篇，
已经枯萎死亡。
脑海空白一片，
切莫荒废时光。
崇拜诗人阿拜，
改变人生方向，
填充空虚思想。

诗歌、诗歌、诗歌啊，
洋溢梦想的诗歌。
不惧死神来临，
激情豪迈奔放。
追求真善和美，
心为人民跳动，
贤者、诗人为伍。

我是燃烧的火焰，
不做鸣叫的乌鸦。
滚滚红尘的世间，

万千纷扰相伴。
爱你如昙花一现，
沁人心脾的时刻。
好像天使的翅膀。

哈布力别克·哈吉开

阿克巴彦

我心上人阿克巴彦，
人各一方心孤单。
许下爱情的诺言，
爱情将勇往向前。

你是我永恒的歌谣，
晨露酝酿你的柔情。
我心上人阿克巴彦，
智慧照亮我的心灵。

巴彦啊，时光在流逝，
不为我们停下脚步。
一丝惆怅萦绕我心，
爱你、为你、心不改变。

来吧，我的巴彦姑娘，
励志明理的巴彦姑娘。
我愿为你乘风破浪，
创造爱情传奇篇章。

追逐遥远的梦想，
诉说心中的苦闷。
爱情释放的火焰，
温暖冰冷的心。

写在心中的书信

骁腾万里横行，
踌躇满怀情不移。
一丝希望心底升，
你已消失无踪影。

你的海誓山盟，
我如站在高峰。
似锦年华爱纯真，
懦夫不惜其爱珍。

书写爱情乐章，
你是心中的唯一。
你心中爱的痕迹，
为何瞬间消失殆尽？

策马跃峰如浮云，
朝思暮想挂心肠。
情投意合不可分，
深情不露藏心间，
风月情浓心惘然。

纳吾肉孜节

宛如高空的飞鸿，
传承祖先的传统。
流传千年的纳吾肉孜，
辞旧迎新的纳吾肉孜。

添新岁月的纳吾肉孜，
羔羊之月的纳吾肉孜。
昼夜时差持平日，
和谐节日纳吾肉孜。

纳吾肉孜节日里，
祈祷平安来相伴，
纳吾肉孜节日里，
敞开心扉把歌唱，
啊，纳吾肉孜丰盛粥。

七种原料制成粥，
祝福子孙增光辉。
寒气随冬去，
游子随春归，
鼓励人慷慨，
振奋人心的纳吾肉孜。

巨石融化的纳吾肉孜，
春归大地的纳吾肉孜，
万物复苏的纳吾肉孜。
丰盛美味的大锅粥，
纳吾肉孜，
啊，纳吾肉孜丰盛粥。

种植希望的幼苗，
打开泉眼溪水流，
充满祝福的纳吾肉孜，
大地返新的纳吾肉孜。

羊梡骨不可缺，
吉祥如意的纳吾肉孜。
富裕丰盛的饮食，
七种原料制成粥，
彼此见面施拥抱，
喜庆美满的纳吾肉孜，

恩怨纠纷不再有，
乾坤祥和的纳吾肉孜。

东方一座哈萨克毡房

苏干湖畔情溢满，
财源滚滚阿克塞。
苏干湖水亲吻声，
哈萨克爱的味道。

海子、安南坝和哈尔滕，
日丽风清天地宽。
阿尔金山、祁连山的雪峰，
先祖赛种、乌孙的故园。

屹立在东方，
历尽了艰辛。
物华天宝，
哈萨克的骄傲。

雄鹰在凌空飞翔，
野物和牛羊满山。
留下祖先的足迹，

历史铭刻你的伤悲。

热情好客的哈萨克，
团结奋进的哈萨克。
屹立在东方的毡房，
沐浴在黎明的曙光。

一片宝地，
幅员辽阔，
祁连山下，
哈萨克的故居。

努尔波拉提·阿布都哈德尔

城市之秋

诗人的诗歌，
花园覆盖重重忧伤，
泪水充盈大自然的眼睛。
花坛倾诉思念的真谛，
静静伫立在风中思念。

他们追寻永不言弃的时期，
思念曾经高亢歌唱的春季。
无数片树叶纷纷落下，
落叶归根，追溯根基。

自然吸引掉落已成规律，
领悟到坚持在枝头毫无意义。
无可奈何，跌到大地怀抱，
树叶之鸟纷纷飘落静静死去。

树叶，
焕发人们的精神，
温暖的怀抱里幼芽齐放。

似以豪迈的壮志捍卫，
强光、干旱里固守土壤母亲。

贪婪者的欲望没有止境，
吞噬叶子世界依然疯狂。
深受良心谴责而惊恐，
我宁愿为其死神降临。

狂风在石壁宫殿中搜索，
人们建造的城市变废墟，
阴沉的天空，神雨奉献乳汁，
故土的伤痕被尽情冲刷。

雪花做纱布包扎伤痕，
一切托付你光的世界。
细雨绵绵我愿沉静，
宛如夜空星星闪闪。

拾干粪块的少妇

有位美丽的少妇，
爬山去拾干粪块。
又见她要下山坡，

驮着粪块滚下来。

猛然她又停下来，
整理好头巾又继续。
心中默默地期待，
期待初露的晨曦。

好似锦旗在飘动，
她的蓝色百褶裙。
哦，拾干粪块的少妇，
已到山的正对面。

你的婆婆多焦急，
心里纯朴情似火。
多少艰辛在其中，
拾满袋子快回家。

毡房升腾的炊烟，
是你点燃的火焰。
希望寄托你身上，
男女老少一家人。

在那明媚的春天，
山坡丛生的绿草。
草原上的大骄人，
绿色牧场的羔羊。

白云迷恋她歌声，
停留山间多依恋。
只期盼着那一刻，
一家子人在毡房。

白纸如晨曦

静坐在夜里，
期待着晨曦。
优美的旋律，
激荡在心里。

内心在奋力，
不懈地追求，
满腔在燃烧，
熊熊的火焰。

白纸如晨曦，
破晓的黎明。
从东方喷射，
洒下那光芒。

我若是光芒，
便是那黎明。
我愿那太阳，
燃烧我灰烬。

绝不是同类，
过客是人类。
我宁愿变成，
火红的太阳。

三个摇篮

我本身源于大地土壤，
灵魂摇篮赋予我生命。
在我产生并成长之前，
埋葬在母亲肚子里面。

我从母亲肚子里降落，
洁白的摇篮里母亲把我抚养。
大地是母亲，母亲是大地，
长大后我与多少智者肩并着肩。

我也是大地上生存的人类，

第三次回归到大地摇篮。
我来自大地，如果要回到大地，
我就是大地土壤的伴侣。

我曾埋葬在母亲肚里面，
我又有什么值得恐惧。
摇篮在蓝天底下埋葬，
因而我高唱激荡人心的诗章。

心中的歌里有个陌生的人，
我曾经以自然的化身抢夺黎明。
三个不同的摇篮是三个天堂，
即便我最终回到大地的怀里。

巴合提别克·再那哈尔甫

宠物狗

有个姑娘抱着狗向我走来，
她对狗情愿付出所有的爱。
她是否厌倦红尘人间薄情，
她是否迷失方向肯为狗爱。

美味佳肴她宁愿与狗分享，
漫漫长夜她宁愿与狗共眠。
每次出门她开车狗坐前位，
跟着狗儿多少狗沾上好运。

姑娘的洁白脖颈被狗亲吻，
我已经无法目睹此情此景。
畏惧、恐慌、悲痛涌上心头，
一团怒火从我的心底升腾。

祈求有人发慈悲收养自己，
可怜的乞丐坐在路边哭泣。
多少同胞走不出生活困境，
她依然无动于衷肯为狗爱。

父亲的马鞭

父亲啊，愿你用马鞭抽打我身，
愿我生锈的灵犀被你抽醒。
宛如细细春雨洗涤的世界，
就让我神志清爽，舒畅心情。

父亲啊，愿你用马鞭抽打我身，
让鞭子的气节渗透我的全身。
人生路上诱惑我迷失的邪念，
脱离我身不再留一点儿踪影。

父亲啊，愿你用马鞭抽打我身，
马鞭蕴涵我们民族之灵魂。
曾经我们有多少英雄儿女，
也曾饱受父亲的马鞭成长。

我有一个好兄长

我有一个好兄长啊，好兄长！

但愿人间处处都有好兄长。
曾经有多少恶人在我心田，
留下了一道道难以治愈的伤。

我有一个好兄长啊，好兄长！
人的终身伴侣就是好兄长。
多少人丧失理智迷失方向，
因为曾经未能找到好兄长。

我有一个好兄长啊，好兄长！
愿你能珍惜身边的好兄长。
愿人们都远离身边的恶人，
愿人人都沐浴好人之光芒。

布谷鸟

森林里有一种鸟叫作布谷，
有一种鸟已经被人们驯服。
名叫布谷鸟它叫声也“布谷”，
初次听见我便惊叫“布谷”。

令人不可想象它居心险毒，
扔掉鸟蛋它霸占其他鸟窝。

乐意把自己的蛋安顿其中，
看到别人遭灾它幸灾乐祸。

看到别人遭灾它幸灾乐祸，
它迫使近亲还同自己生活。
我们自鸣得意在嘲笑什么，
生活中自私的人越来越多，
好比一只布谷鸟自我吹嘘。

种马本色

即便处在夜深人静的境地，
种马从不与近亲母马交配。
马群里涌现多少千里骏马，
正是传承如此高尚的节气。

驴子却没有如此高尚节气，
分辨不清自己的近亲驴子。
不分自己近亲的无耻之驴，
不可享用它们的肉和奶子。

杜肯·玛斯木汗

我有自己的天空

红歌·我的童年

红色大地，红色天空和太阳，
红色大海在我周围翻大浪。
红心——充满红色喜悦和悲伤，
花儿有所不知，火红的叶片。

红色田野，无垠麦海起红浪，
人人手里红色镰刀在闪亮。
红色祝福老人们慷慨献词，
高亢红歌人们激情在歌唱。

红色熙攘笼罩阿吾勒和小巷，
红色口号在神州大地回荡。
红色信息充盈人们的头脑，
红色摇篮曲伴随婴儿入眠。

红色人们手忙脚乱一片红，
造反派的有力武器——红缨枪。
时兴的风尚红彤彤的服装，

时代的美女个个全是红娘。

英勇的红娘身骑彪壮“红马”，
挥动红鞭在田地披荆斩棘。
我们曾经历红色时代的洗礼，
红色笑容却依然挂在脸颊。

红色时代的主题曲——《东方红》，
奏响红色的旋律红色心情。
红门富翁是时代敌对阶级，
小商贩也曾是时代的敌人。

红色游戏有我们孩提时代，
我们曾是红色童军的一代。
火红的年代褪色的那瞬间，
我们昂首挺胸摆正姿态。

红色是身体里流动的血液，
尊严渗透在血液流进身体。
倘若丢失廉耻和自尊之心，
真正的红色渐渐失去原味。

男子汉

强壮的体格仿佛用铅铸造，
宽阔的胸怀容纳整个宇宙。
威严的神情阻隔一切灾患，
足智多谋揭穿黑暗和险阻。

他凛然大义守护人类尊严，
莫让尘埃落在他冷峻目光。
沉淀尊严，渗透信仰的脸颊，
脸颊释放夹杂热血的光芒。

他用眉睫紧紧捆绑着祸根，
目光明锐胜似破案的特警。
远大的志向和追求的正义，
在他的脑海里凝结而成形。

时代的宠儿原野的骄子，
祖国和孩子是他的忧思。
勇敢，
英雄，
然而为了束缚他，

仅用美人的一根发。

富来不张扬，失去不消沉。
好像一手主宰整个乾坤。
如此威严的男人，
如今，
成为时代追求的标杆。

哀叹抑或黄昏

一切景物沐浴在霞光中，
迎接悄悄袭来的黄昏。
整天熊熊燃烧的火球，
像一块燃烧未尽的火炭。

鹤发童颜的老头目光炯炯，
坐在公园一角的长椅乘凉。
头脑清醒，
心明眼亮，
然而他
早已迈进耄耋之年的门槛。

梦幻如鹰在青春岁月徜徉，

俯瞰茫茫大地凌空飞翔。
充满激情和神秘的时光，
妒火在他心中点燃烈焰。

梦幻如鹰飞跃月亮到太阳，
（登月的金梯银舷油腻难行。）
就在离老人不远的地方，
一位少妇坐在板凳上。

少妇宛如含苞待放花朵，
她的婀娜多姿令人爱慕，
别说是老人，就连英俊小伙，
也会被她的魅力吸引而坠入爱河。

丰满的臀，柳腰身多娇媚，
媚如秋月散发早霞的光彩。
丰满的乳房像成熟的苹果，
紧紧扣住了老头的心扉。

放飞的思想能贪婪地触及，
老人禁不住诱惑开始骚动，
遗憾啊！美人被小伙领去，
老人留下无限遗憾和蜜语……

老人唉声叹气面色阴沉，
一颗心像花儿一样凋零。

打乱歇息时间的老人，
一丝惆怅在他心中升腾！

姑娘追

爱慕之情在彼此心中蔓延，
轻轻点燃心中挚爱的烈焰。
骑着雄健的骏马闪亮登场，
一对男女像一对天鹅一般。

似乎从人间苦恼脱身而出，
把黑压压的人群甩在身后。
心中掠过一丝春天的和风，
仿佛前方有一缕曙光露出。

心中的秘密难以遮盖掩藏，
眼神表达诚挚火热的情感。
彼此把对方悄然藏在心里，
不由得呼吸急促怦然心动。

激烈地比赛，满怀激情地追赶，
调训的骏马胜似惊雷闪电。
冥冥之中他摸清姑娘心思，

姑娘也早已猜透他的意愿。

姑娘便轻轻磕了一下马肚，
骏马像离弦的箭似的冲去。
多么纯洁、多么真诚的情感，
啊，这是多么神奇的勇气！

小伙子也挥鞭策马向前冲，
（他的调侃发自他的内心。）
众人眼里两匹烈马在较量，
小伙子和姑娘心里充满幻想。

幸福敲开了理想的大门，
（愿上帝保佑年轻的人们）
他们渐渐消失在小山背后，
姑娘便勒紧了骏马的缰绳……

求　雨

古老的村庄，
熟悉的环境。
人人追求各不同。
若隐若现的蜃景，

热风吹拂着脸庞。

山丘冥蒙一片黄，
山谷早已变干旱。
红柳胡杨矮墩墩，
烈日底下直打盹儿。

一轮红日挂当空，
炙烤大地不留情。
山涧几乎要燃烧，
河流早已被烤干。

四周滚烫如锅炉，
地面干涸的褶皱。
喷射白色的火焰，
似要熔化碎石头。

吐着红舌的猎狗，
焦急刨地又刨土。
东奔西跑的四畜，
聚在羊圈里叫。

广袤大地缩成团，
好似燃烧的火焰，
干瘪影子在身后，
急迫穿透你躯干。

村民宰畜供祭品，
祈求安拉吐苦衷。
供献祭品表心意，
祈求安拉一滴雨。

大地燃烧，海枯竭。
人们又有何法则！
午后雨水浇大地，
这是安拉的恩赐……

黄骠种马和它的马群

根据气味判断朋友与敌人，
不分昼夜伫立在最前沿！
一群母马它用眼神来指控，
剪刀似的耳朵伶俐地转动。

不管是主人，是狼还是小偷，
不出一点差错它尽责监督。
强盗？他应靠边站……
谁都别想去招惹黄骠马。

它不受陌生人的驱赶，
直接攻击骑着马匹的人。
它不怕嘶鸣，不怕圈套，
不管三七二十一用蹄攻击……

不怕伟人也不怕小偷，
拼命保护自己的马驹。
黄骠马不该是“牲口”，
谁说它只是普通的牲口？！

见到高大的黄骠马，
狼群也会逃之夭夭。
连一丝毫毛也拿不到，
因此它们把头转向别的方向。

它那剽悍勇为的秉性，
是男人拥有的特性。
妙龄的母马和老母马，
都对黄骠马忠心耿耿……

哈依拉提·斯马胡洛夫

胡杨思潮

辉煌时光已流逝，
动荡岁月留足迹。
茫茫荒漠的边缘，
千年胡杨在孤立。

也许吟诵那历史，
曾经繁茂的时期。
传来一阵阵声音，
一个伤痛的旋律。

父亲讲述那过去，
满面泪痕又悲泣。
茫无边际的荒漠，
曾被胡杨林遮蔽。

为了生活心操碎，
遭受艰辛和孤苦。
我那平庸的幻觉，
已在荒漠中追溯。

飞沙走石的流沙，
大地期待它转移。
叙说神秘的传说，
狂风大作不停息。

吟诵胡杨的歌谣，
令人欢畅又逍遥。
往日辉煌的时期，
如今却一无所有。

也许狍子在留恋，
胡杨林里的庇荫。
冒着热气的朝露，
一派繁荣的景象。

不留痕迹的岁月，
何必悔恨那年月。
你以庸俗的容颜，
阅历胡杨的岁月。

围绕黄沙的边际，
胡杨激起我思潮。
奏起孤寂的曲调，
孤苦伶仃我一人。

高歌通俗的歌谣，
愚笨的人不理解。
渴求的心会交融，
汇成千年的思潮。

三十岁的大门槛

我已经疲惫不堪浑身无力，
来不及等到理想之鹰飞来。
我从“生活”的另一个境界，
跨上飞奔的骏马驰骋而来。

飘浮在喀拉陶，阔克切陶山顶，
云雾弥漫，令人愁闷。
我心如翻滚的额尔齐斯河，
不解的神秘深藏其间。

阅历多少严酷考验的挑战，
历经多少年少轻狂的时光。
二十岁繁华的集市已远去，
我正站在三十岁的大门槛。

我们曾经走过三十个春天，

不知道是否留下感人诗篇。
不知不觉中我们初为人父，
曾经我们年少轻狂的伙伴。

生活的繁琐令人难以喘气，
多少次摔倒多少次地爬起。
曾经一同畅想未来的女孩，
渐渐变成心中难忘的回忆。

曾经跨上理想的骏马驰骋，
多少伟人成为我们的模范，
我们在各行各业初露锋芒，
树立多少后人崇敬的典范。

多少人为所欲为诡计多端，
多少人互相吹捧贬低他人。
多少人不顾一切追名逐利，
多少人出卖人格钻营禄位。

我们曾精绘蓝图憧憬未来，
时代赋予的重任我们挑起。
有人沉迷物欲横流的时代，
丧失人格成为金钱的奴隶。

恐怕无力攀登理想的巅峰，
恐怕世道的好劣迷惑不清。

面对渺茫前程我心慌意乱，
唯恐辜负前辈寄托的希望。

闭目深思

如枯萎的桦树，似脱落的树皮，
如低沉的旋律，似悲泣的曲子。
短暂的一生，匆匆而过，
我的声音惊醒了梦中的自我。

七月的烈日，腊月的白雪，
初露的晨曦，叩起我心扉。
灵感却凝固，不扇动眉睫。
诗兴已压抑，我心将撕裂。

星罗棋布夜空，我心泛起旋律，
微风扬起风帆，我心顿生忧虑。
一丝希望牵引着我勇往直前，
是否注定这是一场不解之谜。

闭上双眼，阴影被遮掩，
你是光的化身，是我福星？
我在寻觅，心中的永恒，

聪颖的心里，睿智的信念。

心里的秘密

手里紧紧擎着相思的旗帜，
忧闷的心儿度过漫漫长夜。
哦，我因你而来到这个世界，
你的英姿定格在我的心里。

真情并非内心一时的激奋，
彼此信任令爱永恒不变。
从来没有向人公开表露，
我知道有个秘密在你心田。

就在你扇动睫毛的刹那间，
仿佛是我心里疯狂的时间。
猛然间，我心里不由得打战，
你留下相思从我身边走远。

我深爱歌唱更爱你的心，
你我相隔万里只求平安。
是你当初对我倾吐心怀，
泪水在你的眼眶里打转。

从此以后，
一日仿佛长于一百年，
我无法停止对你的思念。
难道这辈子注定你我无缘，
难道我的爱情像只候鸟。

桧柏颂

我在桧柏茂密丛生的山岗，
带着沉甸甸珍贵的桧柏来。
就像这座山峰神圣的桧柏，
哦，我寻觅心中崇高的理想。

青春年华渐渐地离我而去，
（动人的诗歌来自平凡的生活。）
每当愁云堆积在我的心里，
为何我向往桧柏芬芳的气息。

我向往那片幽静的桧柏园，
似乎我已疲惫喧嚣的空间。
在桧柏阵阵芳馨的味道里，
似乎能驱散我郁积的苦闷。

桧柏园传来幽幽的声响，
我情不自禁陷入旷世华章。
即便大雪皑皑它依然常青，
桧柏有我祖先不屈的精神。

是否有无情的雾霭在弥漫，
没有桧柏的气节便会死亡。
千年不倒千年不朽的桧柏，
那是所谓坚韧不拔的象征。

曾经追逐幼畜赛跑的时光，
是我童年时代不落的太阳。
奶奶曾经常用桧柏的枝叶，
羊羔圈里驱邪并预防疾病。

夜里的防守，宛如姑娘的美貌，
（只是被皎洁的月光沐浴。）
就像煤油灯颤抖的弱光，
心底低唱一首心愿的歌谣。

煤油灯点亮了牧区的夜晚，
四畜接羔的季节热闹非凡。
只用桧柏能预防传染疾病，
出栏的幼羔就能平平安安。

不论牲畜灭亡还是繁衍，
专做驱邪的“桧柏门槛”[①]。
坟地驱邪，阿吾勒驱邪，
迁徙队伍在它下面走过。

桧柏林贴着地面而丛生，
不会离开地面孤芳自赏。
将干桧柏根挂在毡房天窗，
即便有暴风骤雨预防雷电。

崇高的品性我们心怀希望，
多少疾病在我们之间蔓延。
自古以来形成的温和秉性，
轻狂的少男少女令人失望。

耻辱之心比生命还要重要，
我们是痛恨无耻的民族。
禁忌的事儿已经被遗弃，
亲事以厌恨的方式提起。

我向往曾经那片桧柏林，
我愿尽情呼吸桧柏气香。
我愿用神奇的桧柏枝叶，
驱散我所有的愚蠢思想。

---

① 游牧民族哈萨克常以桧柏驱邪，并做药材治疗各种疾病。

我愿吟诵一首桧柏的赞歌，
或是沉淀的毅力或是意识。
我愿做成护身符戴在身上，
不由得崇尚桧柏崇高的品德。

笔尖蘸泪抒情怀

微弱的希冀从裂缝中窥探，
缥缈的幻影历经千难万险。
一丝惆怅萦绕在我的心中，
好比我心中挥不去的阴影。

深沉的山岭依然默默无语，
难以启齿这大自然的悲苦。
我心怦然淤积沉重的负担，
疲惫的心儿多少脆弱无力。

没有烈马任人挥鞭驰骋，
没有勇士敢与仇敌相拼。
即便阴谋诡计肆意蔓延，
更没有替天行道的好汉。

无耻的人儿即便风调雨顺，
恬不知耻刺痛不了他良心。
气概顽强似屹立的钻天杨，
是我心中不可抗拒的力量。

零散的乌云在我头顶盘旋，
理想的天空不再宏达宽广。
我掷出的色子掷不出点数，
我的命运为何总适得其反。

广袤原野，和风，和谐大自然，
纯真的感觉依然惠风和畅。
引领我思绪飘向茫茫原野，
纵然在深夜梦中把我叫醒。

变幻莫测的世界如何改变，
宛如变质的驼奶不再新鲜。
新颖的思潮堵在我的喉咙，
像美妙的旋律回荡我心田。

只有漆黑的夜晚与我相伴，
我对自己倾诉闷堵的悲伤。
生活的泉源令我诗兴大发，
笔尖蘸泪我尽情抒写诗章。

努瑞拉·合孜汗

膜拜地球母亲

大地啊，
万物之母亲，
人类之家园。
高山似老翁，
大地似绿毯。
山美水秀润心田，
流进双眸如雨点。

茫茫戈壁，黄沙万里，
深谷逶迤，危峰兀立。
汹涌大海藏宝藏，
五湖四海聚宝盆。

珍禽异兽鱼儿肥，
山川河流生息地。
爱你的秀丽多姿，
爱你的小草和种子。

昼夜交替，四季更换，

微风习习唤人心。
羞涩云团
多妖娆，
雷霆似你的口号。

可爱的故乡，
滋润我成长。
我曾是你的花一朵，
我曾是你的一粒沙。
我为命运流尽泪。

高山、青松赋予我坚强，
磨炼我意志，驱散我悲伤。
山泉激励我：前进！
高山激励我：超越！
激励我：
攀登喜马拉雅高峰！

崎岖路上的脚印，
大地激励我：向前冲，
不怕前面路艰险！
啊，地球，我和你根连根，
你赋予我力量，
我是你飞翔的雄鹰！

你赐予我乳汁，

我探索你的神秘。
多想如飞船旋转你啊，
地球。
美丽的世界啊，
我看不够你的容颜！

啊，
旋转的地球，
我们同你旋转。
历史车轮滚滚向前，
是谁在你身躯留下伤痕。
女儿为母心伤痛。

你为人们付出了代价，
我们生活，我们繁衍。
谁知是对还是错？
污染了你的大地，
污染了你的天空，
人类贪婪，你遭灾难。

我们疯狂开拓，创造奇迹，
科技发展，征服了地球的烈性。
时代给人幸福，
时代破坏了地球。

哪里没有人类的足迹？

天然气
是你流淌的血脉?
气体燃料
是你的生命?
我们尽情燃烧,
有一天燃烧殆尽,
地球将会停止心跳。

条条河流渐枯竭,
森林砍伐变沙漠。
人贪婪,地球愤怒,
地震海啸是你的信号。

万事万物皆受灾,
智慧、劳动造奇迹。
人类繁衍种群,
动物灭绝品种,
我们的呼吁成轶闻。

多少财富已消失?
烧毁森林,风沙肆虐。
挖掘物产,惩罚地球,
让我们
抑制,造福子孙。

让我们,

扭转思想，
保护母亲，莫受灾难。
我呼吁人类，
手持金笔诗为剑。

多想以我的神力，
收拢弥漫的烟雾。
地球母亲啊，
不愿你脸上有伤痕，
我愿变成沃太[①]和华佗[②]来疗伤。

我是你的一棵小草，
我的根在你的沃土，
今日，
土壤垒砌的是我的家，
明天，
土壤垒砌的将是我的坟墓。
啊，地球，
你可以大发威力，
倘若我亵渎故乡的神圣。

啊，地球母亲，
我愿是你的守护神，
我愿付出我的一切。

---

① 沃太：哈萨克族最早的民间神医。
② 华佗：中国东汉末年著名的医学家。

为了人类子孙，
我愿倍加呵护母亲，
您的变化
与我息息相关。

啊，地球母亲，
你心中的苦衷，
用我的诗歌来倾诉。
我膜拜你的土壤，
我向太阳祈祷
祈祷你的平安！

阿汗·加合亚

灿烂的时光在眼前

皮鞭抽在兄弟间，
六亲不认成仇人。
砍伐森林不留根，
山体滑坡变荒原。
烈马驯养成快马，
身跨一匹枣骝马。
征服强者的弱点，
任凭你的使唤。
悲伤的人诉心声，
生活拮据多艰难。
平民指责官不正，
肆意妄为称霸王。
大树能否成树林，
肆意砍伐不留根。

谁能听从官人言，
不解平民实际难。
智者英勇意坚定，
宁愿逆水而前行。

驱散心中的乌云，
爱人陪伴在身边。
轻易不信贱人言，
英明高见的官人。
一眼识破狡诈人，
心明眼亮的人们。
赫赫有名的诗人，
才艺魄力不可分。
有福就能共分享，
虚怀若谷的人们。
别人疾苦装在心，
迎风而上不畏难。
众志成城解大难，
身陷困境能脱身。
没有难解的纠纷，
若有英明的老人。
罪恶滔天不可容，
放纵敌人不抵抗。
亲属也会变疏远，
兄弟姐妹若冷淡。
仇敌也会变心软，
若不计较小人过。
爱人是你的支柱，
分担压你的重任。
和风细雨能冲净，
蒙在心中的沙尘。

沐浴阳光的人们，
灿烂时光在眼前。

变化多端的世道

遒劲马尾的灰马，
雄健踌风向前奔。
旋律深邃的冬不拉，
有朝一日会断弦。
潺潺流淌的溪流，
有朝一日会干涸。
一片葳蕤的森林，
哼唱古老的曲调。
原野枯萎的花草，
风中倾诉着哀调，
朦胧月色黯淡梦，
隐藏灰色的雾霭。
河水流不尽眼泪，
流向远方不回头。
英雄豪迈为民心，
受尽煎熬也情愿。

天上云朵如天鹅，

起落在金色湖边。
白色头套的妇女，
宛如燃烧的火焰，
一棵苍翠的老树，
有朝一日会枯萎。
无家可归的孤鸟，
有朝一日会起飞。
汩汩流淌的水泉，
有朝一日会干涸。
机遇丢失不再来，
幸福无缘求不来。
滔滔大浪在海面，
席卷天上的云团。
雾霭弥漫在山顶，
几分凄凉几分愁。
多少欢聚和离散，
没有不散的宴席。
看破红尘的纷扰，
几分诱惑令人醉。

振翅欲飞的雄鹰，
羽翅拍打巨石岩。
奋力疾驰的骏马，
有朝一日会断气。
手中锐利的长矛，
不上战场不锋利。

多少话儿不表达，
深深积压在胸膛。
深藏不露的敌人，
有朝一日设阴谋。
品种不良的公马，
必有劣质的后裔。
穿梭梭的公驼，
耗子称霸上头顶。
心中熄灭的希望，
闪烁天空的群星。

天上飘浮的云团，
喷洒晶莹的泪水。
连绵不断的山岭，
吹来温和的微风。
夜空布满的星辰，
有朝一日会坠落。
插入土壤的树苗，
有朝一日成大树。
倘若不关心母亲，
心中无光变黑暗。
繁荣富贵的家庭，
有朝一日会滑落。

火热的心待兄弟，
有朝一日伤透心。

情窦初开的姑娘，
有朝一日会变心。
居心叵测的小人，
有朝一日会露馅。
有眼不识毒蜘蛛，
有朝一日会咬伤。
疾如闪电的骏马，
有朝一日会疲惫。
尽心养大的小狗，
有朝一日伤主人。
驮着重货的骆驼，
有朝一日会困顿。
狡诈阴险的小人，
唆使单纯的人们。
虚伪作假的朋友，
出卖你的一片心。
鬼迷心窍的财迷，
有朝一日掏祖坟。
不分官人与平民，
有朝一日离人间。
一片鸿毛多轻巧，
有朝一日随风飘。
肮脏足迹有一天，
踩脏清澈的泉眼。
倘若子女不争气，
遭受众人的嫌弃。

冷嘲热讽的语言，
宛如毒箭伤人心。
防人之心不可无，
毒蛇横穿人行道。
倘若听信小人言，
遗忘爱情的诺言。
心怀江河的君子，
赴汤蹈火也心甘。
变幻莫测的世道，
几度风云几度愁。
变化多端的世道，
福祸同生在人间。
庸人相伴的好人，
虚度美好的人生。
熙熙攘攘的人群，
宛如大网在困扰。
猖獗的人设陷阱，
最终自己落其中。
自由奔驰的骏马，
有朝一日戴绳索。
迷失方向也不悔，
虚度时光的庸人。
过河拆桥不可容，
吃水不忘挖井人。
大公无私慈善人，
知错悔改胸怀宽。

众人痛恨阴险人，
阴谋诡计藏心底。
忧国忧民的男子，
赢得祝福和掌声。
不经荆棘的骏马，
怎能驰骋在天涯。
万事不可顺人心，
天南地北有分明。
一句忠言暖人心，
斗志昂扬精神爽。
性格豪爽比人心，
宽阔胸怀能撑船。

人 生

直冲云霄的高峰，
就有高飞的雄鹰。
喜马拉雅的高峰，
就有奔驰的麋鹿。
一望无垠的原野，
就有坚毅和忍耐。
悠悠流逝的岁月，
就有不朽的足迹。

振奋人心的号角，
就有不朽的歌谣。
辽阔平静的湖水，
条条溪流皆汇入。
遭遇不幸的人们，
诅咒上天不公平。
驰骋飞翔的雄鹰，
高峰隐藏其悲伤。
连绵起伏的山峦，
就有回荡的呻吟。
狂风吹过的沙丘，
任凭风吹和雨打。
忧郁苦闷的眸子，
隐藏多少忧愁。
驱散冬季的寒冷，
漂浮湖面的浮冰。
挂在脸上的笑靥，
透露心中的喜悦。
继承优良的传统，
一代要比一代强。

生活本身就如此，
充满诱惑和神秘。
色彩斑斓的生活，
坎坷多端的生活，
热闹沸腾的生活，

黑白分明的生活，
光阴飞逝的生活。
春去春回的大地：
花开花谢的秋季，
寒气逼人的冬季，
人儿憔悴心疲惫。
一丝希望重燃起，
阴晴圆缺的生活，
得失成败的生活。
后浪推着前浪冲，
充满苦辣和酸甜，
生活之路千千万。

阿孜里别克·克那孜别克

遗落耳环的小岛

山坡上涌现牧归的羊群，
慢悠悠走来拾柴的姑娘。
午后的微风轻抚她浑身，
渗透绵柔细滑的粉丝裙。

迂回的河水从她身旁流淌，
千娇百媚汩汩地流向远方。
蓦地，是什么触及她眼波，
她愣住了，
一根干柴握在她手上。

怎么这么奇妙，
就在她视线里清晰可见，
她神情专注而惊讶地凝视。
阳光下被遗落的金色耳环，
眼前呈现一派迷人的景象。

纯洁少女一动不动，
她见到耳环，

哦，是被遗落的耳环，
就在这野外，
为何遗落了一只耳环，
陷入种种莫名其妙的疑问。

充满惊奇，
心中的疑惑被解析，
反正此事异乎寻常。
歪倒的草丛留有足迹。

河水在河床淙淙流去，
一切倦怠无力。
少女一惊，
莫名感到害羞，
不禁她脸上泛着红晕。

一股激流在她浑身流过，
她匆促转身飞奔而去。
是否我的耳环也被遗落，
一路上她不由自主地抓耳朵。

从此拾柴她再也不去那里，
遇到别人也只字不提。
她却情不自禁向那边张望，
因那耳环她产生了崭新向往。

巴彦奥克诺娃

你永在我少女般的眸子里

大雁阵队在高空向南飞去，
来不及回头整理一些思绪。
时而靠拢敬意地窃窃私语，
顿生一曲抑扬顿挫的歌曲。

欢快的大雁趾高气扬，
欢唱的旋律在空中荡漾。
为何你不分担我忧伤，
孤独的煎熬我独自承担。

面对一页页洁白的纸张，
多少诗歌沉淀在我心房。
谁懂大雁与少女的心声，
愿与大雁结伴飞到远方。

*　*　*

诗在你眼里在你言语，
从你笑靥我略得慰藉。

时光荏苒，一晃数年，
你出生之地亲近无比。

你对家乡的功劳历历在目，
因为有你我便挚爱生活。
我盼着等着做你的新娘，
不觉中走过三十个春末。

惦记童年一起走过的日子，
点燃起我心中诗歌的种子。
纵然我为你之妻为人之母，
你永在我少女般的眸子里。

*　*　*

我那脆弱的心灵，
被沉重的忧思搔伤。
刺痛了我的灵魂，
变化无常的情感，
令人时而泪流时而狂欢。

凝神冥思，
望儿成龙心切，
盼女成凤心急。
望着街头惆怅，
人们鱼贯而行

奔喜宴。

看见服丧的队伍，
死亡仅在一秒钟，
埋葬仅在一刻间。
墓地返回的人群，
一滴泪凝固在我眼眶，
……人生旅途……

*　*　*

倘若我做一场梦，
倘若你在我梦中。
疯狂亲吻我嘴唇，
我睡眼惺忪又娇嗔。

那一刻你双目迸射光辉，
那一刻我感觉你的呼吸。
我紧紧搂住你不能松劲，
可惜你不会进入我梦境。

*　*　*

今世我已属于他，
你我间犹如关山阻隔。
我们因此畏惧造物者，

我已远走高飞数十年，
难道无人闯入你心窝？！

今世我已属于他，
我飞蓬随风在风中。
一切只能顺天应命，
我已得到属于我的家，
不要问我这是为什么。

今世我已属于他，
我已为人之儿媳、为人妻。
谁与你有缘要珍惜，
执着于爱情的霍孜，
相信今朝有巴彦。

库来夏·耶热阿合买提

生活本身

有一分钟我忧心忡忡，有一分钟我喜气洋洋，
有一分钟我勇敢顽强，有一分钟我羞涩怯懦。
有一分钟我受到赞扬，有一分钟我经受考验，
有时生活本身就像一位两面女人。

有一小时我无动于衷，有一小时我恍惚不定，
有一小时我懦弱无力，有一小时我刚强坚毅。
有一小时我道路畅通，有一小时我关山阻隔，
我始终在寻找，生活啊让我自由飞吧。

有一天我称心如意，有一天我荒废虚度。
有一天我结交好友，有一天我失去朋友。
有一天我凄惘无助，有一天我立志气壮，
我不停地在追逐，生活啊请停一停脚步。

拜提克·对斯拜耶夫

冬窝子

我爬上高峰，
激情四射
这是我们的冬窝子啊，
炊烟袅袅升腾。

若有棵茁壮的幼苗，
便是我吟咏的诗篇。
父母虽已遽然永逝，
冬窝子却安然无恙。

长久守候冬窝子，
驯养烈马与雏鹰。
我们家里的猎鹰，
翱翔在额尔齐斯河畔。
充满稚趣的童年，
捕住一只大乌鸦。
开始模仿老爸爸，
我也曾是“猎鹰家”。
冬窝子里多热闹，

如今模样已改变。
面对故居冬窝子，
眷眷乡愁剪不断。
幸福惬意的生活，
曾在冬窝子度过。
又有多少对新人，
冬窝子里图吉祥。
弟兄我向你倡议：
齐心协力来建设。
杜绝人为的破坏，
不愿孤寂陪伴我。

哈斯木汉·瓦提汉

十个兄弟十个哥

十个兄弟十个哥
我们之间没隔阂，
处在一个大院里。
汉族、维吾尔、哈萨克。

缺了去拿有了送，
分享一席丰盛宴。
儿女之间的交流，
各种语言都羼入。

如胶似漆相交融，
心灵圣洁无邪念。
我们大家来参与，
举办喜事和丧事。

二胡圆润的音律，
冬不拉优美的旋律。
低沉音色都塔尔，
汇成柔美交响曲。

汉族新娘娶进家，
胡艾勒拜揭面纱。
哈萨克家娶新娘，
王大妈把喜糖撒。

友谊种子撒人间，
迷人的晚上，明媚清晨。
令人狂欢的齐里达罕，
帕提木汗舞姿蹁跹。

处在一个大院里，
风俗相应，习相宜。
十个兄弟十个哥，
十个姊妹十个姨。

心心相印共命运，
故事生动讲不尽。
跨进大门一瞬间，
家门从不随手关。

纳吾肉孜添岁数，
许下美好的心愿。
我们大家来相聚，
餐桌摆满马香肠。

春节我们歌声欢，
激情昂扬如雄风。
我们还要聚一堂，
同吃一桌馄饨餐。

论山如鹰御空飞，
任思绪自由飘逸。
身处伊犁便知晓，
江苏发生的实事。

激奋人心喜临门，
大人欣喜小孩欢。
大众异议的热点，
今天大事与明天。

说起祖辈之故居，
心驰神往且欣慕。
关注国内大事情，
常在我们讨论中。

我们的勤者与智者，
语言深邃又新颖。
世界性的难问题，
就在这里能揣测。

我们精绘的蓝图，

构建协调新小康。
同在和谐大家园，
井然有序再创新。

大话不尽如人意，
若没优裕的赞歌。
十个兄弟十个哥，
所谓：“实惠的时代”。

为了众人心欢畅，
满怀信心于中央。
害群之马若挺背，
人民群众都受损。

团结一心图吉祥，
无凝聚力何谓福。
十个姊妹十个姨，
十个兄弟十个哥。

如羊肚储存的酥油，
急公好义相互间。
向主祈祷愿我们，
一尘不染到永远。

哈依恰

建设美丽家园

阿克塞高山巍峨天高气爽，
阿克塞啊早已经遐迩闻名。
野骆驼的乐园神秘安南坝，
丰富矿藏在阔达的哈尔腾。

提起海子我不禁激奋昂扬，
迷人的双苏干湖令人神往。
洁白的羊群，成群的骏马，
这是人间一块肥沃的土壤。

雪鸡飞落在红柳沟的阳面，
连绵的山嘴奔涌滚滚石棉。
阿克塞宛如雄鹰振翅高飞，
我爱故乡慷慨激扬的人们。

现如今我们已是国富民强，
我们的领袖是时代的先锋。
新县城像颗明珠引人注目，
各民族儿女亲如兄弟姐妹。

老人们畅叙那过去的故事，
我们已经告别了峥嵘岁月。
树立我们远大的民族志向，
子孙在双语教育吸收营养。

阿克塞一年更比一年富强，
惬意生活的赞歌飞向远方。
广大干部和牧民携手共进，
城市和乡镇面貌难以区分。

中共十八大的胜利召开，
指出宏伟蓝图如何落笔。
新一届国家领袖习近平，
托起中华民族伟大重任。

愿你永存，激励我们的党，
我感受着六十年的温暖。
愿我们的子孙做出贡献，
让我们来建设美丽家园。

阿山木汗·穆哈买提汉

那年秋末母亲离我们而去

(献给母亲周年祭奠)

母亲啊，被病魔折磨得疲惫无力，
那个秋末您悄悄地离我们而去。
您养育的子女无法再尽孝心。
面对死神无法做您的荫庇。

您在那个黑色秋末的清晨，
您在那个主麻晨礼时启程。
那一刻，您的惦记，您的遗愿，
哦，母亲啊，我遗憾没终身聆听。

从那以后听不到您和蔼的声音，
从此后没有人再提起我的童年。
从此以后没有人像您疼爱我，
从此没有人再呼唤我的乳名。

从此以后没有人抚摸我的头，
从此以后没有人为我留佳肴。
从此以后没有人为我祈祷，

慌忙，迷失的我没有人安抚。

雏鸟起飞的暖窝是否变得冷清，
没有母亲是否失去了往日的温馨。
一幕幕孩提时光呈现在我的眼前，
那个嬉戏的童年我曾放散了羔羊。

母亲啊，我向往您那时的模样，
母亲啊，您为生活曾和父亲畅谈。
那时的您啊硬朗没有任何病患，
就让我伤痛的心因您得到安恬。

在春季草场我再也见不到您的身影，
绿茵茵的秋季牧场已没有您的身影。
袅袅炊烟升腾的洁白毡房的主梁，
从此没有您而失去了往日的欢乐。

在地灶旁见不到您煮奶酪的身影，
见不到您圈羔羊、挤羊奶的身影。
我从您曾经走过的地方苦苦寻觅，
您曾用芨芨草编制各种图案的围席。

大自然因您的离去而潸然泪下，
枯萎的树叶从枝头上纷纷落下，
灰蒙蒙的天空笼罩着一片乌云。
一滴滴泪珠从它的眼睫滴落。

母亲啊，您身穿白纱跨上白马远去，
愿您的祝福在子孙后代相继应验。
您曾指引子女为人厚道做事公正，
愿您的英灵披着光辉升上天堂。

俄力扎别克·夏肯

阿克塞

阿克塞，扎根在阿尔金山下，
新县城，坐落在丝绸路上。
你是东方哈萨克的子窝，
你保留着先祖乌孙的传统。

巍巍耸立的安南坝高峰，
直入云霄而屹立的雄峰。
苏干湖、芦苇泉多么妩媚，
你就是哈萨克智慧的见证。

海子草原宛如绿茵的地毯，
轻飞的百灵鸟歌声嘹亮。
成群的羚羊、盘羊和野马，
畅游在哈尔腾清澈的矿泉。

广阔无边的原野，
阿尔金山鲜丽的原野，
这就是我的家乡，
阿克塞人间天堂。

叶尔泰·哈布德开

金色摇篮，阿克塞

我的故乡，金色摇篮，母亲一样，
是你用乳汁把我养育成长。
当我呱呱坠地的那天，
脐带血液滴在你的脸上。

在你心中，我像雏鹰一样，
你把我精心抚养成长。
你是母亲，我要报答你恩情，
看不够你那慈祥的容颜。

啊，我的故乡，哦，我爱你，
啊，金色摇篮，哦，歌唱你，
金色摇篮，阿克塞。

当我茁壮成长的那一天，
我赶着成群牛羊满山坡。
你是哈萨克东方的子窝，
我是你的雄鹰，你的骄子。

我展翅飞翔搏击蓝天，
苏干湖赋予我才华。
你那迷人的绿色草原，
是我一生向往的地方。

哈萨克儿歌

春　天

灿烂的清晨啊，
掀起春的面纱。
我站在花丛中，
心儿已陶醉啊！

让我们去点缀大自然的花毡，
让我们去踏青，让我们闻花香。
啊……啊……啊……
让我们去踏青，让我们闻花香。

天鹅和大雁啊，
随春天回故乡。
河流和湖泊
是你栖息地方。

让我们去点缀大自然的花毡，
让我们去踏青，让我们闻花香。
啊……啊……啊……
让我们去踏青，让我们闻花香。

唱着春的旋律，
小燕子排成队，
快来吧，朋友们，
让我们合成队。

让我们去点缀大自然的花毡，
让我们去踏青，让我们闻花香。
啊……啊……啊……
让我们去踏青，让我们闻花香。

我的阿塔和阿帕

我的阿塔真能干，
驯养了一只猎鹰。
驯养猎狗叫白掌，
捕到狐狸和凶狼。

我的阿帕真能干，
心灵手巧的艺人。
羔羊皮儿鞣裁剪，
制作皮帽真漂亮。

啦啦啦……啦啦啦……
我们是你的宠儿，
好像万花之王，
我是你的鹰隼，小星星，
我是你的骏马，小百灵。

阿塔教我背古诗，
我要把它记心里。
小牛身上做记号，
牛犊耳朵做标记。

阿帕讲我故事听，
神话故事记心上。
见到羊羔多欢喜，
牛犊脖颈戴彩绳。

啦啦啦……啦啦啦……
我们是你的宠儿，
好像万花之王，
我是你的鹰隼，小星星，
我是你的骏马，小百灵。

浴婴曲

宝贝，宝贝，快长大，
你是我的心肝。
何时茁壮成长，
精忠报国为家乡。
长大做官为人民，
凛然正气无私心。
长大做个雄辩家，
义正词严解矛盾。
长大做个大领袖，
忧国忧民心胸宽。

摇篮曲

睡吧，睡吧，睡吧，
我心爱的宝贝，
妈妈的手
摇着你。

摇着你
进入梦乡。
睡吧，睡吧，睡吧，
妈妈的手
摇着你，
摇篮里
唱着摇篮曲。
宝贝，快长大，
长大，热爱故土，
长大，传承美德。
长大，爱妈妈。
睡吧，睡吧，睡吧！

哈萨克族民歌

岁　月

当那河水结成冰，
当那冰雪化成水，
你可知道这一切，
四季悄然在轮回。

当那太阳出东山，
当那夕阳下山岗，
你可知道这一切，
悄悄流逝的光阴。

当男儿挥鞭纵马，
当女儿穿上婚纱，
你可知道这一切，
昨日儿女已长大。

当霜染你的乌发，
当皱纹布满脸颊，
你可知道这一切，
老龄赶上你步伐。

当黑夜就要来临，
当夜空坠落流星，
你可知道这一切，
多少生命已归天。

夸大言辞的谈论，
散布言论的虚荣，
是你荒废的人生，
糟蹋宝贵的生命。

老天不负有心人，
美名千古要流传，
劳动果实甜在心，
人生才能放光明。

唇　舌

出口成章的唇舌，
快来施展你英姿。
妙语连珠的唇舌，
是你具有的风格。
谁来倾听你言语，

言不由衷的言说。

博学多才的才子，
情高致远的人儿。
月儿有阴晴圆缺，
人有成败和得失。
丰韵娉婷纤细腰，
多少男子尽折腰。
扬鬃飞奔的骏马，
凌云飞驰如飞燕。
春江水面金翠鸭，
游泳能手小精灵。

千里驰骋的骐骥，
熟知山间的小溪。
雏鹰振翅凌空飞，
飞过山顶展雄姿。
小巧玲珑的赤狐，
行疾如飞于山脊。
才华横溢的才子，
志得意满成大器。

雅人清致不为财，
表里如一畅胸怀。
粗俗之辈不知足，
心胸狭隘不善言。

畅所欲言吧，唇舌，
打动观众的心灵。
吔……吔……吔……
我的唇舌啊！

洁白的头套

头戴洁白的头套，它是纯洁的象征，
人们惬意的生活，它是祥和的象征。
富有民族的传统，富有民族的精神，
民族纯粹的气息，我来发扬和继承。

洁白头套多圣洁，我崇尚你的圣洁。
手捧洁白的头套，恭敬传统的礼节。

头戴洁白的头套，它是赤诚的象征，
风雨飘摇的时代，它是仁义的象征。
沧桑岁月的流逝，留在心中的创伤，
扭转命运不回头，点燃生活的希望。

生人眼里的衣饰，我心依托的暖窝，
你似柔和的春风，摇曳我心中的歌谣。

头戴洁白的头套，是我荣耀的桂冠，
母亲教我的歌谣，铭刻在我的心中。
你是母亲的祝福，你是潺潺的河流，
你是先辈的遗产，源远流长在人间。

你让我富有慈心，你让我秀丽美艳，
你那圣洁的名字，是我永恒的歌谣。

金麦浪

我家住在金黄的田野边，
我匆忙赶路何时到你家，
啊金麦浪，
这是我思念的歌谣，
倘若让我亲吻你的脸，
我依恋你啊何时到你家，
啊金麦浪。

门口柳条随风飘扬，
你如春风绿意盎然，
当我想你的时候，
我的歌声如金麦浪。

阴云密布在我的心田，
没有你，我生活无味，
啊金麦浪，
这是我思念的歌谣啊，
我风尘仆仆赶来时，
你伫立在风中等待，
啊金麦浪，
这是我思念的歌谣啊。

贤惠儿媳

贤惠儿媳跨进吉祥门槛，
和气喜气尽在吉祥门槛。
优良精神，传统美德，
时代见证，代代相传。

一代老人留下圣洁祝福，
一个心愿和祝福汇成幸福。
优良美德美好祝福温暖人心，
生活美满，子孙幸福万年。

哎嗨，啊，贤惠的儿媳，
胸怀像大海一样宽广，

妯娌亲如姐妹，生活和谐，
贤惠儿媳令人感叹。

贤惠儿媳，和睦邻居如家人，
亲如兄弟姐妹贤惠儿媳。
心地善良，心灵手巧贤惠儿媳，
文明的使者贤惠儿媳。

哎嗨，啊，贤惠的儿媳，
胸怀像大海一样宽广，
妯娌亲如姐妹，生活和谐。
贤惠儿媳令人感叹。

哎嗨，啊，贤惠的儿媳，
胸怀像大海一样宽广，
妯娌亲如姐妹，生活和谐。
贤惠儿媳令人感叹。

妯娌亲如姐妹，生活和谐！
贤惠儿媳令人感叹。

慧眼伊人

阿吾勒迁往那克孜里加尔，

启明星照亮方向就要启程。
我的慧眼伊人啊！
像风一样疾驰的骏马，
谁能替代心中的人啊，
我们曾经许下海誓山盟，
我的慧眼伊人啊！

思念的洪流让我望眼欲穿，
伊人的阿吾勒却留在身后。
我的慧眼伊人啊！
像风一样疾驰的骏马，
谁能替代心中的人啊，
我们曾经许下海誓山盟，
我的慧眼伊人啊！

跨上我心爱的栗色骏马，
长鬃飞扬的栗色骏马。
我的慧眼伊人啊！
像风一样疾驰的骏马，
谁能替代心中的人啊，
我们曾经许下海誓山盟，
我的慧眼伊人啊！

阿哈加依　阿勒泰

漂泊的人去远方，啊，故土苍凉，
巍巍高山绿草地，孤影残阳。
（阿哈加依　阿勒泰啊，人间天堂！）
涕泗横流的母亲，啊，泪湿衣襟，
依依不舍望故乡，天地氤氲。
（阿哈加依　阿勒泰啊，人间天堂！）

分崩离析的人们，啊，离开故乡，
铁蹄铮铮狼烟起，烽火连天。
（阿哈加依　阿勒泰啊，人间天堂！）
胯下战马已倒下，啊，血染战甲，
蛇矛戟戈断道路，战死沙场。
（阿哈加依　阿勒泰啊，人间天堂！）

啊，咕嘎咦

悠扬歌声，轻轻飘向，那四方，

啊咕嘎咦……啊咕嘎咦……
姑娘陶醉，小伙迷恋，在这里。
啊咕嘎咦……啊咕嘎咦……
一丝热流传遍浑身，弹起我
冬不拉琴弦，啊咕嘎咦，那一瞬间、歌声亮。

潇洒人生，欢度时光，赛神骏，
啊咕嘎咦……啊咕嘎咦……
宛如流星，宛如闪电，马鬃扬。
啊咕嘎咦……啊咕嘎咦……
琴声余音低回婉转，如梦幻
天鹅起飞，啊咕嘎咦，大雁远去，留思念。

啪咦啪咦

何时我慷慨激昂啪咦啪咦纵情歌唱，
大丈夫怎能吝啬啊咦嗒咦万贯家产啊咦嗒咦。
阿吾勒要去远方啪咦啪咦相隔千里，
我已经不思饮食啪咦啪咦彻夜难眠啊咦嗒咦。

思念伊人，
彻夜难眠。
思念你孤守长夜啪咦啪咦，

我憔悴不堪啊咦嗒咦。

天空中哀鹄声声啪咦啪咦寻找知音，
哀鹄啊飞向远方啊咦嗒咦苦苦找寻啊咦嗒咦。
原野啊莽莽苍苍啪咦啪咦伊人在何方，
那是我痴迷之心啪咦啪咦寄托思念啊咦嗒咦。

思念伊人，
彻夜难眠。
思念你孤守长夜啪咦啪咦，
我憔悴不堪啊咦嗒咦。

我在这长夜鹄望啪咦啪咦长夜鹄望，
你可曾知道恋人啊咦嗒咦相思的心啊咦嗒咦。
想要飞我没翅膀啪咦啪咦受尽煎熬，
你不要嫌我未归啪咦啪咦颓废沮丧啊咦嗒咦。

我的伊人，
彻夜难眠。
思念你孤守长夜啪咦啪咦，
我憔悴不堪啊咦嗒咦。

哀鹄远飞，
我挚爱你。
莫叹息长夜漫漫啪咦啪咦，
莫要悲伤啊咦嗒咦。

游子歌

翻越巍峨的山岭，走过碧绿的草原，
来到热闹的城市，来到幽静的村庄，
大千世界看一看，周游世界又起程。

不论身处在何方，愿你平安归故乡，
归心似箭的人啊，花好月圆人团圆。
飞在天上、在地上、越过山岭、过平原，
祝你平安、祝你平安，游子啊！

穿过茂密的森林，经过稠密的楼群，
走过千沟和万壑，通衢大道在眼前，
条条道路走一走，周游世界又起程。

不论身处在何方，愿你平安归故乡，
归心似箭的人啊，花好月圆人团圆。
飞在天上、在地上、越过山岭、过平原，
祝你平安、祝你平安，游子啊！

蹚过潺潺的河流，走过茫茫的荒原，
来到悬崖和峭壁，来到荒山和野岭，

大千世界看一看，周游世界又起程。

不论身处在何方，愿你平安归故乡，
归心似箭的人啊，花好月圆人团圆。
飞在天上、在地上、跨过山岭、过平原，
祝你平安、祝你平安，游子啊！

揭盖头

毕斯穆拉揭盖头，
吉祥如意万年长。
慷慨陈词说忠言，
新娘聆听记心上。

手持冬不拉揭盖头，
不慌不忙心平静。
寄托众人的希望，
我揭盖头图吉祥。

温文尔雅好姑娘，
文质彬彬做新娘。
众生之母是女娲，
人类第一个女性。

向长房敬礼！

传承光荣的传统，
发扬优良的美德。
敬老慈幼做模范，
养儿育女代代传。

来吧，朋友唱起歌，
带着圣洁的祝福，
祝福新娘祝新郎，
圣洁祝福送大家。

向来宾敬礼！

“阿克塞之鹰”丝绸骑射国际大学生祝词

祝愿：
阿克塞福星高照，
人民安康幸福。

财富滚滚四季来，

心想事成笑开怀。

人们团结不离分，
精神抖擞一颗心。

领导干部为人民，
各族群众跟着党。

神骏鬃毛随风飘，
健儿为国志气高。

骑手跨上千里马，
争夺冠军为国家。

圣洁祝福暖人心，
阿克塞之鹰高飞翔。

丝绸之路阿克塞，
喜迎国际大学生。

弓箭文化代代传，
祝愿大赛大圆满！

图书在版编目（CIP）数据

艾草香 / 库拉西汉 · 木哈买提汉译. -- 北京：作家出版社，2018. 4

（中国少数民族文学发展工程 · 民译汉专项）

ISBN 978-7-5212-0008-9

Ⅰ. ①艾… Ⅱ. ①库… Ⅲ. ①诗集 - 中国 - 当代 Ⅳ. ① I227

中国版本图书馆 CIP 数据核字（2018）第 067445 号

艾草香

译　　者： 库拉西汉 · 木哈买提汉

责任编辑： 史佳丽　李亚梓

装帧设计： 孙惟静

出版发行： 作家出版社

社　　址： 北京农展馆南里 10 号　　**邮　　编：** 100125

电话传真： 86-10-65930756（出版发行部）

86-10-65004079（总编室）

86-10-65015116（邮购部）

E-mail:zuojia@zuojia.net.cn

http://www.haozuojia.com（作家在线）

印　　刷： 北京玺诚印务有限公司

成品尺寸： 170 × 240

字　　数： 120 千

印　　张： 10.75

版　　次： 2018 年 8 月第 1 版

印　　次： 2018 年 8 月第 1 次印刷

ISBN 978-7-5212-0008-9

定　　价： 35.00 元
